CACHE-CACHE COCHONS

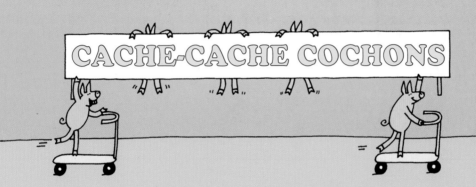

CACHE-CACHE COCHONS

Arlene Dubanevich

les lutins de l'école des loisirs
11, rue de Sèvres, Paris 6ᵉ

Traduit de l'américain par Isabelle Reinharez

ISBN 978-2-211-01814-2
Première édition dans la collection *lutin poche*: novembre 1997
© 1984, l'école des loisirs, Paris, pour l'édition en langue française
© 1983, Arlene Dubanevich
Titre original: «Pigs in hiding» (Four Winds Press, New York)
Loi numéro 49 956 du 16 juillet 1949 sur les publications
destinées à la jeunesse: septembre 1987
Dépôt légal: septembre 2016
Imprimé en France par Clerc SAS à Saint-Amand-Montrond

À maman

7

16

19

31

FIN